Other Stories of the Kosoado Woods.

こそあどの森のひみつの場所

岡田 淳

理論社

こそあどの森《もり》に
すんでいる ひとたち

ウニをのせた船《ふね》のような形《かたち》の家《いえ》、**ウニマル**に
博物学者《はくぶつがくしゃ》のバーバさんと すんでいるが、バーバさんは
しょっちゅう旅《たび》に出《で》るので、スキッパーは ほとんどひとりぐらし

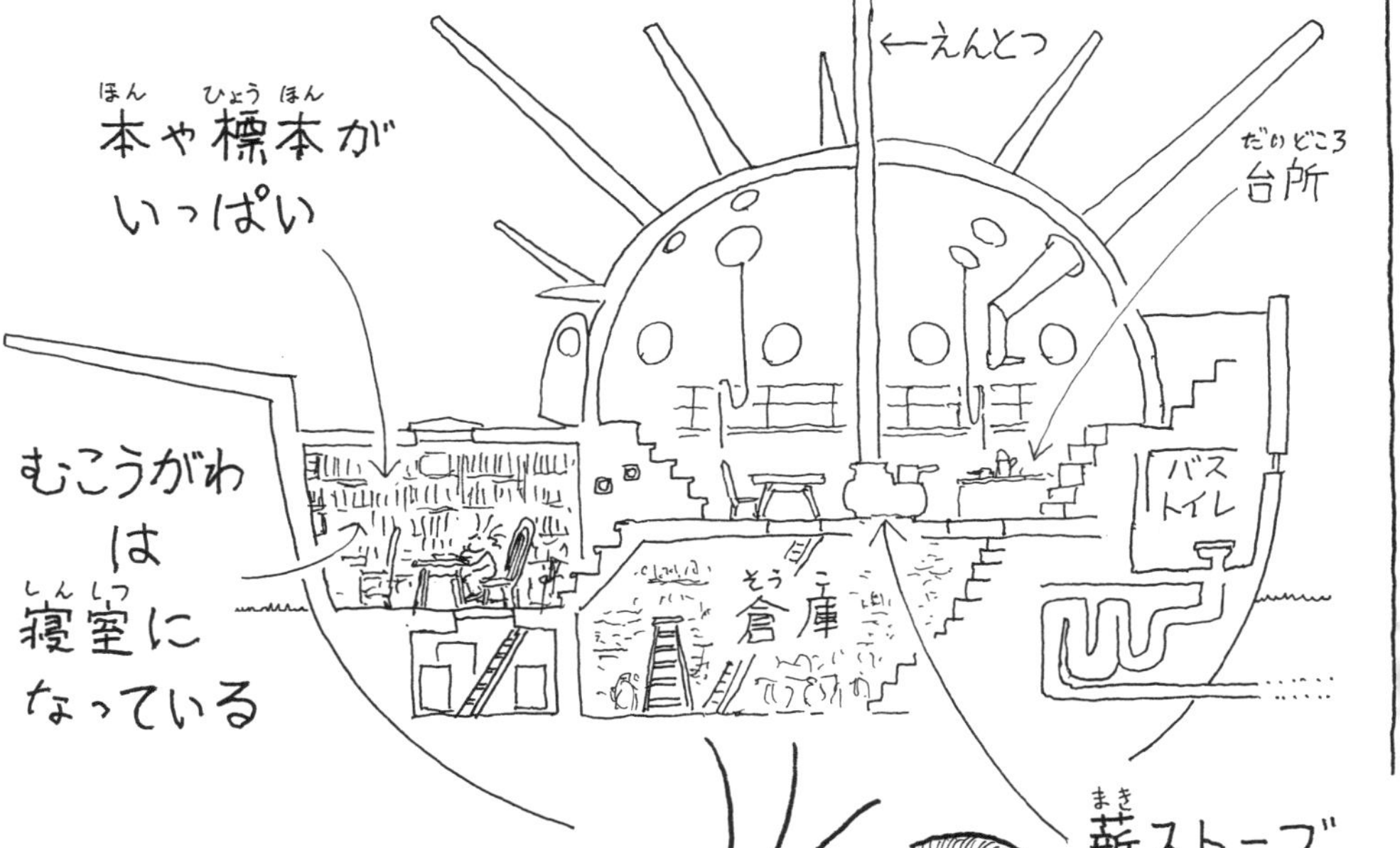

薪《まき》ストーブ
缶詰《かんづ》めを
あたためたり

スキッパー

本《ほん》を読《よ》んだり
星《ほし》や化《か》石《せき》を見《み》たり
して、空想《くうそう》するのがすき

ホットケーキを
焼《や》くときにも

一本《いっぽん》の 
小枝《こえだ》から 半日《はんにち》ほど
空想《くうそう》したこともある

使《つか》う

ふたりは夫婦《ふうふ》で
湯《ゆ》わかしの家《いえ》に
すんでいる
ふたりは もてなしずきで
森《もり》のみんなが席《せき》につける
椅子《いす》とテーブルがある
地下倉庫《ちかそうこ》に
おりていく階段《かいだん》
せまいので
ポットさん専用《せんよう》
ポットさんは
なにかにのぼって
キスをする
おや
トマトさんも
花《はな》を用意《ようい》
していたの！
ポットさん

物置《ものお》き
せまい階段《かいだん》だか
ポットさん専用
このむこうに寝室《しんしつ》
トマトさん
大《おお》きい椅子《いす》
トマトさん
すわる
まあ
ポットさんも
花《はな》を！
なんて
すてきな
ぐうぜん！
トマトさんは
かんげきすると
ポットさんに
「キスして」
という

スミレさんとギーコさんの
ガラスびんの家《いえ》
スミレさんの部屋《へや》
ギーコさんの部屋《へや》
スミレさん
ギーコさんの姉《あね》
お茶《ちゃ》をのむのと
詩《し》を読《よ》むのが
すき
ハーブや
薬草《やくそう》のことを
よく知《し》っている
スミレさんは
しずかに
すごすのが
すき

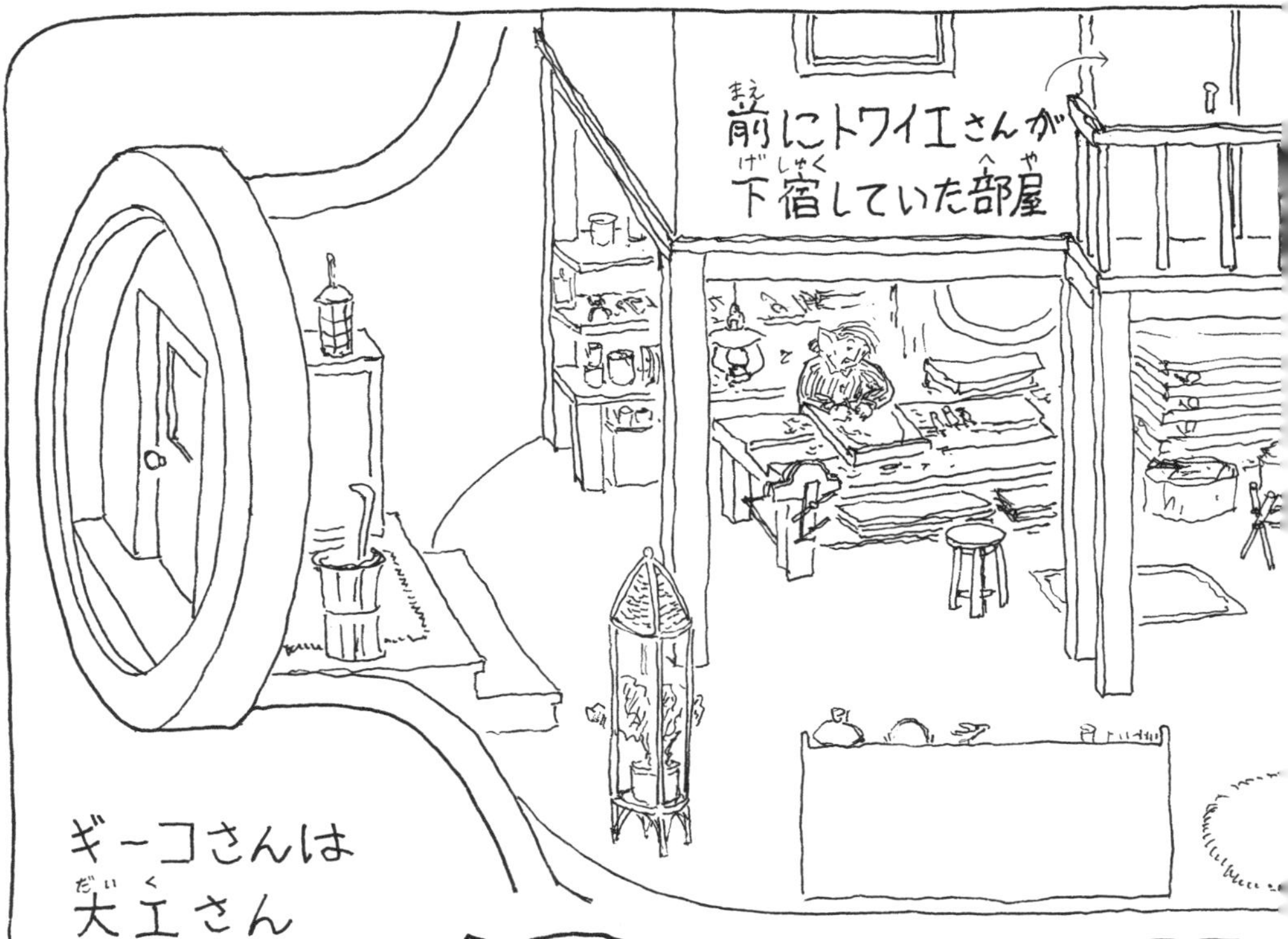

ギーコさんは
大工《だいく》さん

椅子《いす》とか
棚《たな》を
つくる

ギーコさん

スミレさんの 弟《おとうと》

口《くち》かずがすくない

いま
彫刻刀《ちょうこくとう》で
椅子《いす》の 背《せ》もたれを
彫《ほ》っているところ

ふだんは
すぐ近《ちか》くにある
作業小屋《さぎょうごや》で
しごとをする

木《き》の上《うえ》の屋根裏部屋《やねうらべや》に
すんでいる
トワイエさん
トマトさんに
シチューを
もらうことも
あるが....
トワイエさんは作家《さっか》
いつも 物語《ものがたり》のことを
考《かんが》えている
ふだん
食《た》べているのは
パンとスープぐらい
水《みず》は泉《いずみ》まで
くみにいく

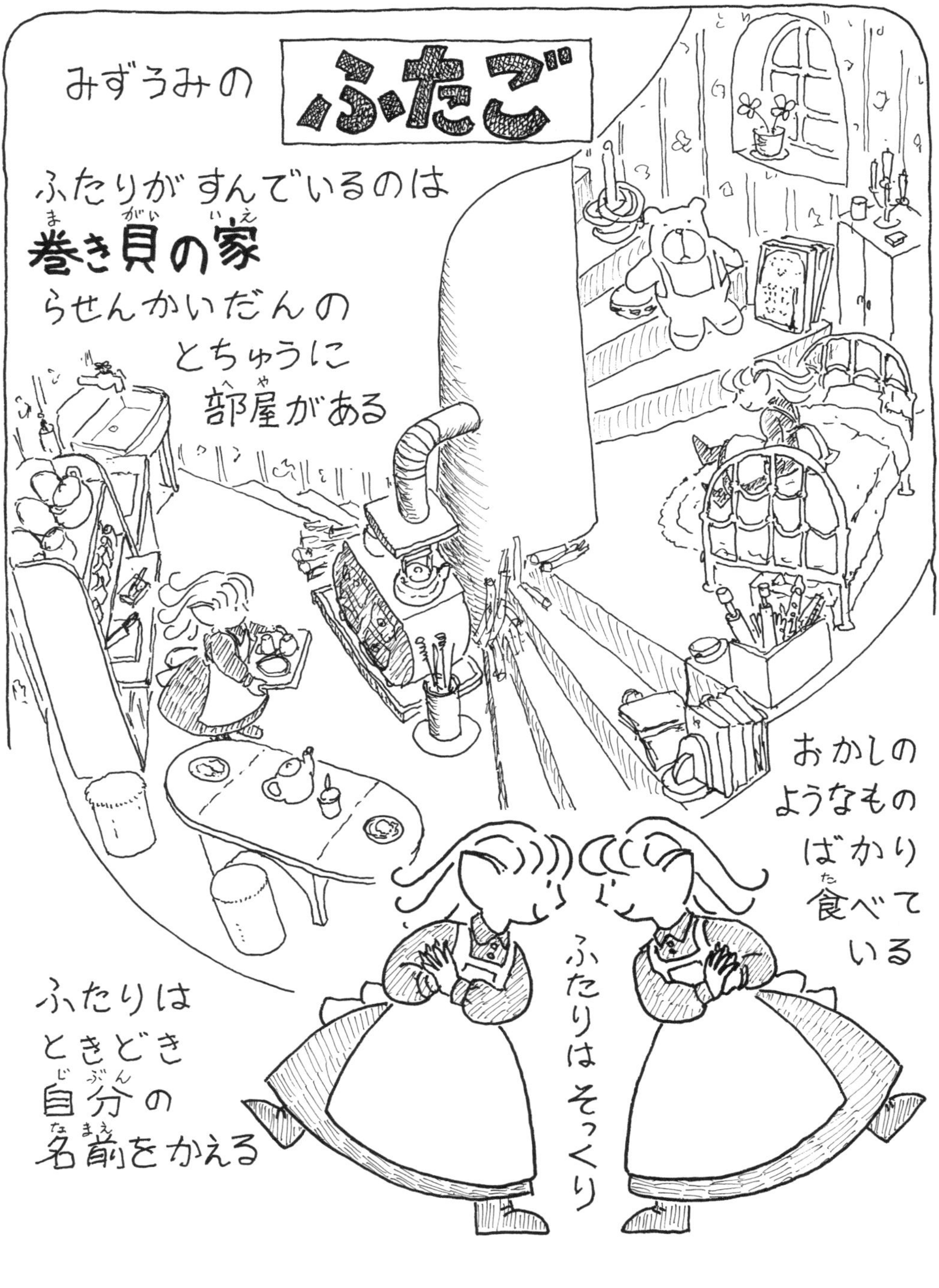
みずうみの ふたご
ふたりが すんでいるのは
巻《ま》き貝《がい》の家《いえ》
らせんかいだんの
とちゅうに
部屋《へや》がある
おかしの
ようなもの
ばかり
食《た》べて
いる
ふたりは そっくり
ふたりは
ときどき
自分《じぶん》の
名前《なまえ》をかえる

もくじ

スキッパーのないしょの話《はなし》 13

どうして雨《あめ》がふるのかわかった日

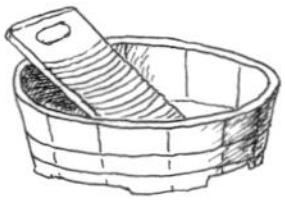

トマトさんのないしょの話《はなし》 37

せんたく小《こ》鬼《おに》にせんたくされたくない

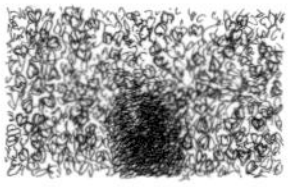

ポットさんのないしょの話《はなし》 50

木《き》登《のぼ》りが思《おも》い出《だ》させてくれたこと

スミレさんのないしょの話《はなし》 61
小《ちい》さな雪《ゆき》だるまが そこにあるわけ

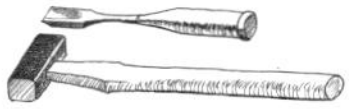

ギーコさんのないしょの話《はなし》 80
カラスとなかよくなって知《し》ったこと

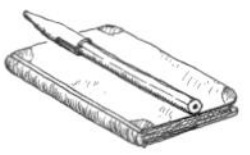

トワイエさんのないしょの話《はなし》 98
落《お》とし物《もの》のおかげで見《み》つけたこと

シナモンのないしょの話《はなし》 112
ひとりで魔女《まじょ》の家《いえ》に行《い》った日

●スキッパーのないしょの話●

どうして雨《あめ》がふるのかわかった日

スキッパーが住《す》んでいるのは、ウニマルと呼《よ》ばれる家《いえ》です。野球《やきゅう》のヘルメットをさかさにしたかたちの船《ふね》に、大きなウニをのせたような家《いえ》ですから、ウニマルと呼《よ》ばれています。

博物学者《はくぶつがくしゃ》のバーバさんといっしょに暮《く》らしているのですが、バーバさんはよく旅《たび》に出かけます。ですから、スキッパーはひとり暮《ぐ》らしにはなれています。

この春《はる》も、バーバさんは南《みなみ》の島《しま》へ古《ふる》い壺《つぼ》を掘《ほ》りに行《い》っていました。南《みなみ》の島《しま》は雨つづきだったそうで、そのせいか、スキッパーにレインコートのおみやげを買《か》ってきてくれました。

いままでスキッパーは、ひどい雨がふると、ウニマルから出ないようにしていました。

ウニマルのなかには本や化石《かせき》など、おもしろいものがいっぱいあるのに、どうしてわざわざ大雨のなかに出ていかなければいけないのだろう、と思《おも》っていたのです。ですから、レインコートをもらっても、それほどうれしくありませんでした。

それから二十日《はつか》ほどたってバーバさんは、西《にし》の大陸《たいりく》へ、大昔《おおむかし》の洞窟壁画《どうくつへきが》の研究《けんきゅう》にでかけることになりましたが、その二十日間《はつかかん》、雨は一滴《てき》もふりませんでした。

バーバさんは出発《しゅっぱつ》する前《まえ》に、こんなことをいいました。

「そうそう、スキッパー。レインコートはずっと使《つか》わないと、水をはじく力が弱《よわ》くなるからね、どんどん着《き》るといい。着《き》たあとはシャワーで水《みず》洗《あら》い、もんだりこすったりしないでね。あとはハンガーにつるして、陽《ひ》のあたらないところに干《ほ》すこと」

しょうじきなところ、レインコートがあっても、スキッパーは雨のなかに出かけるのは、気がすすみませんでした。でも、雨がふればレインコートをためさなきゃならないな、とも思《おも》っていました。ですから、雨がふらない日は、ほっとしていたのです。

ところが、バーバさんが出かけて三日目《みっかめ》、昼過《ひるす》ぎのことです。あたりが暗《くら》くなったかと思《おも》うと、ウニマルのまるい屋根《やね》がとつぜんはげしい音をひびかせました。

ババババババババ……。

ひさしぶりに雨がふってきたのです。それもどしゃぶりの雨が。

スキッパーは天井《てんじょう》を見ました。まるい天窓《てんまど》に雨粒《あまつぶ》がつぎつぎにあたるのが見えます。

「わぁ！」

と、スキッパーは声《こえ》に出していいましたが、自分《じぶん》の声《こえ》が聞《き》こえないほどの雨音《あまおと》です。

レインコートをためさなきゃならない、と思《おも》ってはいたのですが、これほどはげしいと、出ていく決心《けっしん》がつきません。

スキッパーがそう思《おも》ったのが、雨にわかったのでしょうか、ふりかたが弱《よわ》くなりました。

パラパラパラパラ……。

「わかったよ……。レインコート、着《き》るよ」

なんだかおちつかない気持《きも》ちでゴム長靴《ながぐつ》をはき、レインコートを着《き》ました。レインコートはオレンジ色《いろ》です。

階段《かいだん》をのぼり、ドアをあけ、ウニマルの甲板《かんぱん》に出ました。ひさしがあるので、まだ雨はからだにかかりません。ドアを閉《し》め、レインコートのフードをかぶり、雨のふる甲板《かんぱん》に一歩《いっぽ》踏《ふ》み出しました。

「おお！」

思《おも》わず声《こえ》が出ました。

パツ、ポツ、パツ、パツ……。

フードにあたる雨の音が聞《き》こえます。肩《かた》や腕《うで》にも雨粒《あまつぶ》があたるのがわかります。腕《うで》をあげて目の前《まえ》にもってくると、雨粒《あまつぶ》がパンッとはじかれ、まるくなって、ころころと転《ころ》がりおちていきます。うたがっていたわけではありませんが、レインコートが水をはじくというのは、ほんとうだったのです。

足をすべらせないように気をつけて、ウニマルのはしごをおり、広場《ひろば》

に立ってみました。

いままでにも、急《きゅう》な雨にふられ、服《ふく》の上から雨にうたれたことはあります。でも、それとは全然《ぜんぜん》ちがいます。雨粒《あまつぶ》がからだにあたるのに、からだがまったくぬれないのです。なんだか笑《わら》えてきます。

——レインコート、いやじゃないかも。

と、スキッパーは思《おも》いました。

雨は、広場《ひろば》の草をゆらして、地面《じめん》にすいこまれるようにふっています。さっきのひどいふりかたのせいでしょう、ところどころに水たまりができています。水たまりにふる雨粒《あまつぶ》は、ひとつひとつしぶきをあげ、波紋《はもん》をひろげます。その波紋《はもん》はほかの波紋《はもん》とぶつかって、わからな

くなってしまいます。

――湖《みずうみ》にふる雨だったら、どんなふうになるのかなあ。

と、思《おも》いました。

――湖《みずうみ》まで行《い》ってみよう。

スキッパーは森のなかにはいっていきました。

横《よこ》にのびた細《ほそ》い枝《えだ》には、点々《てんてん》と雨のしずくがぶらさがっています。それが、低《ひく》いほうへ低《ひく》いほうへと移動《いどう》していきます。しずくがしずくに追《お》いつくとふくれあがり、重《おも》みにたえかねて地面《じめん》へおちていきます。それがなんどもくりかえされます。おもしろくてじっと見つづけていたいほどです。

大きな木の下にはいると、こまかい雨粒《あまつぶ》ではなく、葉《は》

をつたってあつまった大きなしずくがふってきて、パツン、パツンとレインコートにあたります。下に生《は》えた草や落《お》ちている枯葉《かれは》も、しずくにたたかれてゆれます。ふってくるしずくはいつもおなじところに落《お》ちてきて、おなじ葉《は》がたたかれるので、それだけがゆれます。

ゴム長靴《ながぐつ》ですから、水たまりは平気《へいき》なのですが、泥《どろ》ですべりたくないので足もとを見ながら、一歩《いっぽ》一歩《いっぽ》気をつけて歩《ある》きます。ちいさな花がいっぱい咲《さ》いています。ウニマルにもどったら図鑑《ずかん》でしらべてみようと、花や葉《は》の形《かたち》をしっかり見ておぼえました。

――あれ?

木のないところに出たとき、スキッパーは雨があがっていることに気づきました。森のなかでは木《こ》の葉《は》についた雨粒《あまつぶ》が落《お》ちてきていたので、雨がやんだことに気がつかなかったのです。

――湖《みずうみ》にふる雨はこんど見よう。

と、思《おも》いました。そこで、いまきた道《みち》をひきかえそうかなと思《おも》ったときのことです。

むこうの林のなかで、白いなにかが動《うご》いたような気がしました。

スキッパーは、そっと、大きな木のかげにかくれました。

目をこらして見つめました。木々《きぎ》に見えかくれしながら、こちらにやってきます。けものではありません。ひとのようです。スキッパーはこの森に住《す》んでいるひとたちを知《し》っていますが、そのひとたちではありません。男のひとのようです。白い服《ふく》はほぼからだにはりついていて、傘《かさ》もレインコートももっていません。きっとびしょぬれでしょう。

男は広場《ひろば》に出てくるとその場《ば》に立ち止《ど》まり、しずかに動《うご》きはじめました。あちらを見たり、こちらを見たりしながら、ゆっくりと手をふっています。

――踊《おど》っているのかなあ……。

と、スキッパーは首《くび》をかしげだしました。

またしとしとと雨がふりだしていました。

――こんなところで踊《おど》る……？　ひとりで……？

男はきゅうにはげしくからだを動《うご》かしはじめました。足を大きくふみだし、からだをゆらします。いっぱいにひろげた手を空気をかき乱《みだ》すように動《うご》かしたかと思《おも》えば、ふわりと空中《くうちゅう》に飛《と》びあがり、くるくるとまわります。その動《うご》き方《かた》が美《うつく》しい……、とスキッパーは思《おも》いました。

――ダンサーなんだ。

踊《おど》ることを仕事《しごと》にしているひとのことは、本の写真《しゃしん》で見たことがあって、知《し》っています。

見とれているうちに、雨は最初《さいしょ》のように土砂降《どしゃぶ》りになっていました。大きな木の下にいるのでスキッパーは雨にうたれていませんが、男はびしょぬれです。足もとが水たまりになっているのでしょう。飛《と》びあがっておりたときには、水がはげしくはねあがりました。

やがて踊《おど》りがゆるやかになり、男の手足はほとんどゆれるほどになり、ぴたりととまりました。いつのまにか、雨はやんでいました。が、スキッパーはそれに気づかず、ぽかんと立ちつくしていました。

「見られちゃったなあ」

そういって、男がスキッパーを見ました。目をほそめて笑《わら》っています。スキッパーはびくっとしました。踊《おど》りながらだんだんこちらに近《ちか》づいてきてはいましたが、見つかっていないと思《おも》っていたのです。その気持《きも》ちがわかったように、男はスキッパーを指《ゆび》さして、笑顔《えがお》のまま、いいました。

「きれいな色《いろ》のレインコートだから、すぐにわかった」

オレンジ色《いろ》がはっきり見えたらしいのです。

スキッパーは、こっそり見ていたのがはずかしかったので、なんといったらいいのかわからず、ほおを赤くしていました。男はもういちど、スキッパーを指《ゆび》さしました。

「あの、とげとげがついた家《いえ》に住《す》んでいるんだろ?」

どうして知《し》っているのだろうとおどろいて、スキッパーは息《いき》をのみました。

「ぼくは、このあたりの担当《たんとう》だから、たいていのことは知《し》っているんだ」

それを聞《き》いて、思《おも》わず口にしてしまいました。

「担当《たんとう》？　なんの？」

男はかたをすくめて、いいました。

「ぼく、雨をふらせる係《かかり》なんだよ。」

それを聞《き》いて、思《おも》わずスキッパーはいいました。

「雨は、雲《くも》がふらせるんでしょ？」

バーバさんはそういっていいました。

「そうだよ。ぼくが雲《くも》に雨をふらせるように合図《あいず》してるんだ」

雲《くも》に合図《あいず》するなんて信《しん》じられない、とスキッパーが思《おも》ったとき、

「ふらせてみようか」

と男はいって、片手《かたて》を、「さあどうぞ」というように、空にむかってやさしくふりました。

すると、さらさらさらっとやさしい雨がふってきました。

「え……？　ええ？」

おどろきながらも、ぐうぜんかも？　という気持《きも》ちがすこししました。その気持《きも》ちを男はわかったようでした。

「じゃあ、これならどう？」

男はさっきよりももっとはげしく手足をふって、踊《おど》りだしました。すると、滝《たき》のような雨が森にふりはじめました。スキッパーはもうびっくりして両手《りょうて》をあげ、

「わかった！　わかったよ！」

と、さけびました。はげしい雨音《あまおと》で、その声《こえ》がとどいたとも思《おも》えませんが、男が手足をやさしくとめると、雨はあがりました。

「ね。ぼくは、アメフラシなんだよ。ぼくは、ほんとうは〈ないしょのひと〉なんだ。ふだんは姿《すがた》をあらわさない。でもずいぶんひさしぶり

だったからね。ほら、長《なが》い間《あいだ》、雨がふってなかっただろ？　それで、つい姿《すがた》をあらわしてしまった。ここ、気持《きも》ちがいい森だから、ね」

そういって男はスキッパーを見てほほえみました。スキッパーはうなずきました。うなずきましたが、信《しん》じられない気持《きも》ちでした。

「あの……、アメフラシさんは、世界中《せかいじゅう》に、たくさんいるのですか？」

どきどきしながら、やっとこれだけたずねることができました。アメフラシは目をほそめて笑《わら》いました。

「いるよ、地区《ちく》のかずだけ。でも、ぼくたちがいることも、ぼくたちがやってることも、ないしょなんだ。だから、ぼくを見たのは〝夢《ゆめ》だった〟ということにしてほしいんだ」

こんなにたしかなことなのに、どうすれば、夢《ゆめ》だったことにできるんだろう、とスキッパーはまゆをよせました。その表情《ひょうじょう》を見てアメフラシは目をほそめたままつづけました。

「夢《ゆめ》だったことにしてもらうかわりに、いいものをあげるよ。きみはこのあと、とげとげの家《いえ》に帰《かえ》るんだろう？　そちらのほうに三百歩《さんびゃっぽ》あるいたところで空を見あげてくれるかな」

いったいなんのことだろう、と思《おも》いながら、

「三百歩《さんびゃっぽ》……？」

と、スキッパーはつぶやきました。

「うん。三百歩《さんびゃっぽ》」アメフラシがおおきくうなずいて、「じゃあ、さようなら」と、片手《かたて》をあげると、ぱらぱらっと雨がふりました。

スキッパーも「さよなら」といってもどりはじめました。

——一、二、三、四、五。

と、かぞえながら歩《ある》きはじめたとき、うしろから声《こえ》がおいかけてきたの

で立《た》ち止《ど》まりました。

「もう姿《すがた》は見せないけど、雨がふるとき、ぼくはそこで踊《おど》っているからね」

スキッパーがふりむいてうなずくと、アメフラシも笑顔《えがお》でうなずきかえしました。

——六、七、八……

スキッパーは数《かず》をかぞえながら、森のなかを歩《ある》いていきました。

——二百九十九、三百。

そこはちょうど、ウニマルがある広場《ひろば》でした。

とつぜん雲《くも》が切《き》れ、太陽《たいよう》が顔《かお》をだしました。

すると、ウニマルのむこうの空に、大きな虹《にじ》が、今《いま》までに見たことがないほどくっきりと、あざやかに浮《う》かびあがりました。

「わあ！」

おもわず、声《こえ》が出ました。

アメフラシが、いいものをあげる、といっていたのは、このことだったのです。

スキッパーは、虹《にじ》がすこしずつうすくなって、やがて消《き》えるまで、ずっと見ていました。

虹《にじ》が消《き》えたときには、スキッパーはもう、アメフラシに会《あ》ったのは夢《ゆめ》のなかのことだった、という気持《きも》ちになっていました。

それでも、スキッパーは、アメフラシのことをわすれませんでした。夢《ゆめ》だったはずなのに、すごくはっきりと笑顔《えがお》も場面《ばめん》も思《おも》い出《だ》せるのは、なんどもなんども思《おも》い出《だ》したからです。

ですから、いまも雨がふるとスキッパーは、あの日の夢《ゆめ》のように、アメフラシが踊《おど》っているんだと、ひとり思《おも》います。

そして虹《にじ》を見ると、アメフラシのあの笑顔《えがお》を思《おも》い出《だ》して、こころのなかでそっと笑《わら》いかえすのです。

●トマトさんのないしょの話●

せんたく小鬼《こおに》に せんたくされたくない

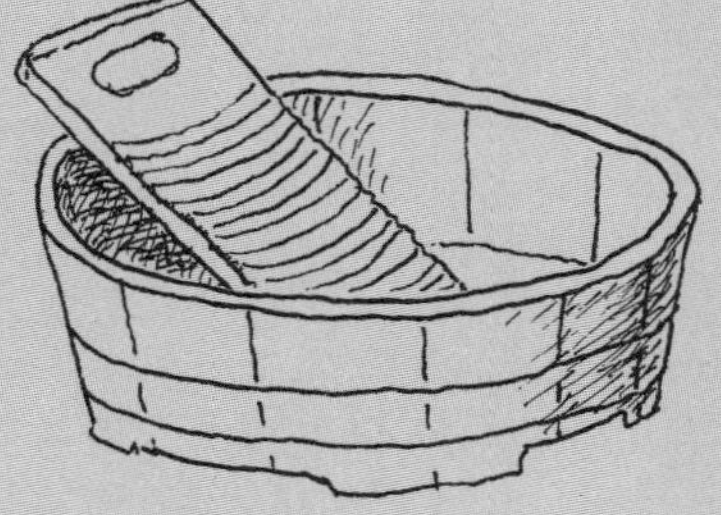

ある夏《なつ》の日、トマトさんは家《いえ》の外《そと》でせんたくをしていました。

トマトさんは、外《そと》でせんたくをできる季節《きせつ》がすきです。木陰《こかげ》は気持《きも》ちがいいし、水がはねるのを気にせず洗《あら》えます。それに、せんたくをしたズボンやシャツや靴下《くつした》を、すぐ横《よこ》の木にはったロープに、さっと干《ほ》せます。

トマトさんが夢中《むちゅう》になってせんたくをしていると、うしろからきゅうに声《こえ》をかけられ、びっくりしました。

「たいへんだね」

聞《き》いたことのない声《こえ》に、手をとめてふりむくと、とんがり帽子《ぼうし》をかぶったちいさな男が立っていました。まるで、ふっとあらわれたようでした。

はじめて見ます。やけに手が長《なが》いひとね、とトマトさんは思《おも》いました。

「こんにちは、どちらさまでしょう?」

と、トマトさんがたずねると、

「はいこんにちは、おいらは、せんたく小鬼《こおに》っていいますんで」

といって、長《なが》い手で帽子《ぼうし》を取《と》りました。赤いもじゃもじゃした毛《け》のなかからツノが一本でています。

——まあ、たしかに鬼《おに》だわ。

と、トマトさんは思《おも》いました。

「そのせんたく小鬼《こおに》さんが、なんのご用《よう》?」

トマトさんがたずねると、小鬼《こおに》は帽子《ぼうし》をかぶってこたえました。

「いえ、その……、せんたくは、つらいでしょう？」

「いいえ」

と、トマトさんはこたえました。ほんとうにつらいとは思《おも》っていなかったのです。

「じゃあ、めんどうでしょう？」

「いいえ」

と、トマトさんはこたえました。ほんとうにめんどうだなんて思《おも》っていなかったのです。

小鬼《こおに》はおどろいたようにまゆをあげました。

「いやいや、ほんとうはつらくてめんどうなはずだ。おいらがかわりに洗《あら》ってあげるよ」

こんなことをいいだしたのです。

「けっこうです」

と、トマトさんはことわりました。すると小鬼《こおに》はいいました。

「おいらにせんたくさせると、トマトさんはひとつ若返《わかがえ》るよ。ひとつって一年のことだよ」

――まあ、うさんくさい。

と、トマトさんは思《おも》いました。

「どうしてわたしの名前《なまえ》を知《し》ってらっしゃるの？」

小鬼《こおに》を横目《よこめ》で見ながら、トマトさんはズボンを洗《あら》う手にちからをこめました。

「おいらは小鬼《こおに》だからね、なんだって知《し》ってるよ。だんなさんの名前《なまえ》はポットさん。いま洗《あら》っているのはポットさんのズボンだね？　ねえ、トマトさんがトマトさんの服《ふく》を洗《あら》うならわかるよ。どうしてポットさんのズボンをトマトさんが洗《あら》うんだろ？　トマトさんが洗《あら》ってもいいんだったら、おいらが洗《あら》ってもいいんじゃないかい？」

——まあ、へんな理屈《りくつ》！

と、トマトさんは思《おも》いました。

「わたしはポットさんに気持《きも》ちよく暮《く》らしてほしいと思《おも》っているから、ポットさんのズボンをせんたくしているの。小鬼《こおに》さんにはポットさんの気持《きも》ちはどうだっていいことでしょ。なんだって知《し》っている小鬼《こおに》さんなら、わたしがせんたくをいやがっていないことも、知《し》っているでしょ？」

「ああ、それはトマトさんがいまそう思《おも》っているだけで、このあとよく考《かんが》えたらそうでもないかもしれないからね。どう？　ひとつ若返《わかがえ》るってのは。トマトさんが若返《わかがえ》ると、ポットさんがよろこぶと思《おも》うな」

それはそうかもしれないわね、とトマトさんは思《おも》いました。それはそうかもしれないけれど、でも……。

「でも、わたしが若返《わかがえ》ったぶんの一年は、どこへいってしまうの？」

「さあ、それだよ。その一年というやつは、おいらのところにくるんだよ」

「じゃあ、小鬼《こおに》さんがひとつ年をとるじゃありませんか」

「そうだよ」小鬼《こおに》はうれしそうにうなずきました。「おいらは、はやく八百歳《はっぴゃくさい》になりたいんだ」

「八百歳《はっぴゃくさい》……。いま、何歳《なんさい》なの？」

「七百十四歳《さい》」

いったい、どれだけのひとがせんたくをかわってもらったのかしら、とトマトさんは思《おも》いました。

「八百歳《さい》になると、どんないいことがあるの？」

すると小鬼《こおに》は、うれしそうにいいました。

「もう、せんたくしなくてよくなるんだよ。せんたくしないで、おいらのものになった八百年の思《おも》い出《で》をたのしむんだ」

トマトさんの手が、思《おも》わずとまりました。

「え？　ちょっとまって。ひとつ若返《わかがえ》るというのは、わたしの思《おも》い出《で》を一年分《ぶん》なくしてしまうってことなの？」

小鬼《こおに》はまゆをあげました。

「そうだよ」

「まっ、なんてことでしょう。わたしは、どの一年の思《おも》い出《で》もなくしたくないわ」

トマトさんがそういって、ゆすいだズボンを水のなかでひろげると、ひざのところに黒《くろ》いシミがありました。これはどうしてもおちないのです。目ざとくそれを見つけた小鬼《こおに》がいいました。

「おいらが洗《あら》えば、そのシミだって、おちるよ」

トマトさんはむっとしました。このシミは三年前《まえ》の冬《ふゆ》に、ポットさんといっしょに炭焼《すみや》きをしたときのものです。なんど洗《あら》ってもとれませんが、このシミを見るたびに、あの炭焼《すみや》きの日を思《おも》い出《だ》すので、今《いま》となってはあの日のしるしです。それをなくしてやろう、だなんて——。

「このシミだってわたしの思《おも》い出《で》よ。どの一年だって、どんなことだって、わたしのたいせつな思《おも》い出《で》だわ。なくしたくないの。さあ、もうじゃまをしないで、どこかへいってちょうだい」

せんたく小鬼《こおに》は、目を大きくして肩《かた》をすくめると、ふっと消《き》えてしまいました。

トマトさんは、ポットさんのズボンをぎゅっとしぼって、腰《こし》を伸《の》ばしました。そして、

「なくしたくない思《おも》い出《で》ばかりで、わたしはしあわせものね」

と、つぶやきました。

●ポットさんのないしょの話●

木登《きのぼ》りが思《おも》い出《だ》させてくれたこと

ポットさんはしょっちゅう森にでかけます。しょっちゅうでかけるなら、森のようすはどんなところでも知《し》っているかというと、そうではありません。

果物《くだもの》や木の実《み》、きのこ、食《た》べられる野草《やそう》などを手にいれる場所《ばしょ》は、だいたい決《き》まっています。トマトさんと散歩《さんぽ》するのは、スカートで通《とお》れる道《みち》です。ヤブとか、いつもぬかるんでいるところは、通《とお》らないようにしますし、ハチがよく巣《す》を作《つく》るところはもちろん、鳥《とり》の巣《す》があるところも、おどろかさないようにさけて通《とお》ります。そういうわけで、よく歩《ある》く道《みち》というものができます。すると逆《ぎゃく》に、ふみこまない場所《ばしょ》もできてしまいます。

でも、そんなところにはいっていくことも、たまにはあります。どうしても使《つか》いたいハーブが、いつもの場所《ばしょ》に見あたらないようなときです。

ある夏《なつ》のはじめのそういうときに、ポットさんは〝一本の木〟に出会《であ》いました。


ヤブをかき分《わ》け、しげみをくぐり抜《ぬ》けたポットさんは、来《き》たことのないちいさな広場《ひろば》に出ました。そこで思《おも》わず、

「お……」

と、声《こえ》をあげました。

広場《ひろば》のまんなかに立っている一本の木が、はじめて見るはずなのに、見たことがあるように思《おも》えたからです。

広場《ひろば》のまんなかで育《そだ》っているせいか、四方《しほう》にのびのびと枝《えだ》をひろげ、若《わか》い葉《は》が初夏《しょか》の陽《ひ》の光《ひかり》を照《て》り返《かえ》しています。

——まず、あの枝《えだ》に手をかけて、つぎに、こちらの枝《えだ》に足をかけて……

ポットさんは、こころのなかでそうつぶやいていました。つぶやいてから、なぜその木をどこかで見たように思《おも》ったのかわかりました。子どものころ、よく登《のぼ》った木に、枝《えだ》のつきかたが似《に》ていたのです。

「木《き》登《のぼ》りか……」

こんどは声《こえ》に出してつぶやきました。

「ずいぶん長《なが》い間《あいだ》、木《き》登《のぼ》りをしていないなあ……」

いいえ、木に登《のぼ》ることはあります。果物《くだもの》や木の実《み》をとるときに、家《いえ》からかついできたはしごをかけて登《のぼ》るのです。そしてそんなときには、かならず横《よこ》に「気をつけてね」と、声《こえ》をかけるトマトさんがいます。

ポットさんが長《なが》い間《あいだ》していないというのは、ひとりきりで、はしごもつかわないで、なんのためにという理由《りゆう》もなく、ただ木に登《のぼ》るということだったのです。

いまここでこの木と出会《であ》ったのは、「さあ、登《のぼ》ってごらん」という森からのお誘《さそ》いかもしれないな、とポットさんは思《おも》いました。

「よし！」

ハーブをいれるつもりでもってきた、ちいさなカゴを木の根元《ねもと》に置《お》き、まず、目の高《たか》さの枝《えだ》をにぎりました。そして最初《さいしょ》の枝《えだ》に足をかけ、よいしょ、とからだをひきあげると、もうあとは、まるでなんども登《のぼ》った木のように、手と足が動《うご》きました。

つぎはこの枝《えだ》、そしてあの枝《えだ》……。からだのなかから、笑《わら》いがわきあがってきます。

つぎつぎに手足が動《うご》いて、気がつけばかなり高《たか》いところまで登《のぼ》っていました。ポットさんは、ふうっと息《いき》をはき、枝《えだ》に腰《こし》をかけました。見おろすと、枝《えだ》と葉《は》のあいだから、地面《じめん》に木の影《かげ》が落《お》ちているのが見えました。まわりを見まわすと、広場《ひろば》をとりかこむ木々《きぎ》のかさなりが見えます。そのむこうはヤブになっていて、まるでこの広場《ひろば》が、外《そと》の世界《せかい》からまもられているようです。

――だから、いままでここに気がつかなかったんだな。

と、ポットさんは思《おも》いました。

見あげると、葉《は》のあいだから青い空とかがやく太陽《たいよう》が見えます。風《かぜ》が通《とお》りぬけて、葉《は》をゆらしていきます。

いい気分《きぶん》です。

こうして高《たか》いところから森をながめるなんて、ずいぶんひさしぶりだなあと、思《おも》いました。

トワイエさんの屋根裏部屋《やねうらべや》へ行《い》くときにも、らせん階段《かいだん》をのぼりますから、かなり高《たか》いところから見てはいます。でも、階段《かいだん》から見る森と、こうして木に登《のぼ》って見る森は、全然《ぜんぜん》ちがうように思《おも》えました。

なにがちがうんだろう、そんなことを思《おも》いながらまわりをながめていると、きゅうに、ある懐《なつ》かしい感《かん》じが胸《むね》のなかにひろがりました。

「そうだ……」

と、ポットさんはつぶやきました。

この感《かん》じ。ポットさんは子どものときから、ひとりで木に登《のぼ》ったとき、いつもこの感《かん》じを味《あじ》わいました。上も下も右も左も前《まえ》も後《うし》ろも、ずっと世界《せかい》がひろがっていて、その中心《ちゅうしん》に自分《じぶん》がいる、みんなから気づかれてはいないけれど、ここにいる、というなんだか説明《せつめい》できない、うれしさとさびしさがまじったような感《かん》じです。

その感《かん》じが、いま、しました。

——おとなになってもずっと、こころのなかにかくれているものって、あるんだなあ。

と、ポットさんは思《おも》いました。

——この木が広《ひろ》い森のなかにかくれていたように。

木の上でしばらくぼんやりしたあとで、ポットさんは木からおりました。

木の根元《ねもと》に置《お》いたちいさなカゴを見て、

「ああ、ハーブをさがしに来《き》ていたんだっけ」

と、思《おも》い出《だ》し、まわりを見まわすと、ちいさな広場《ひろば》のかたすみに、そのハーブはありました。

必要《ひつよう》なぶんだけのハーブをとり、木をふりかえったポットさんは思《おも》いました。

——ここは、ぼくだけの場所《ばしょ》だな。

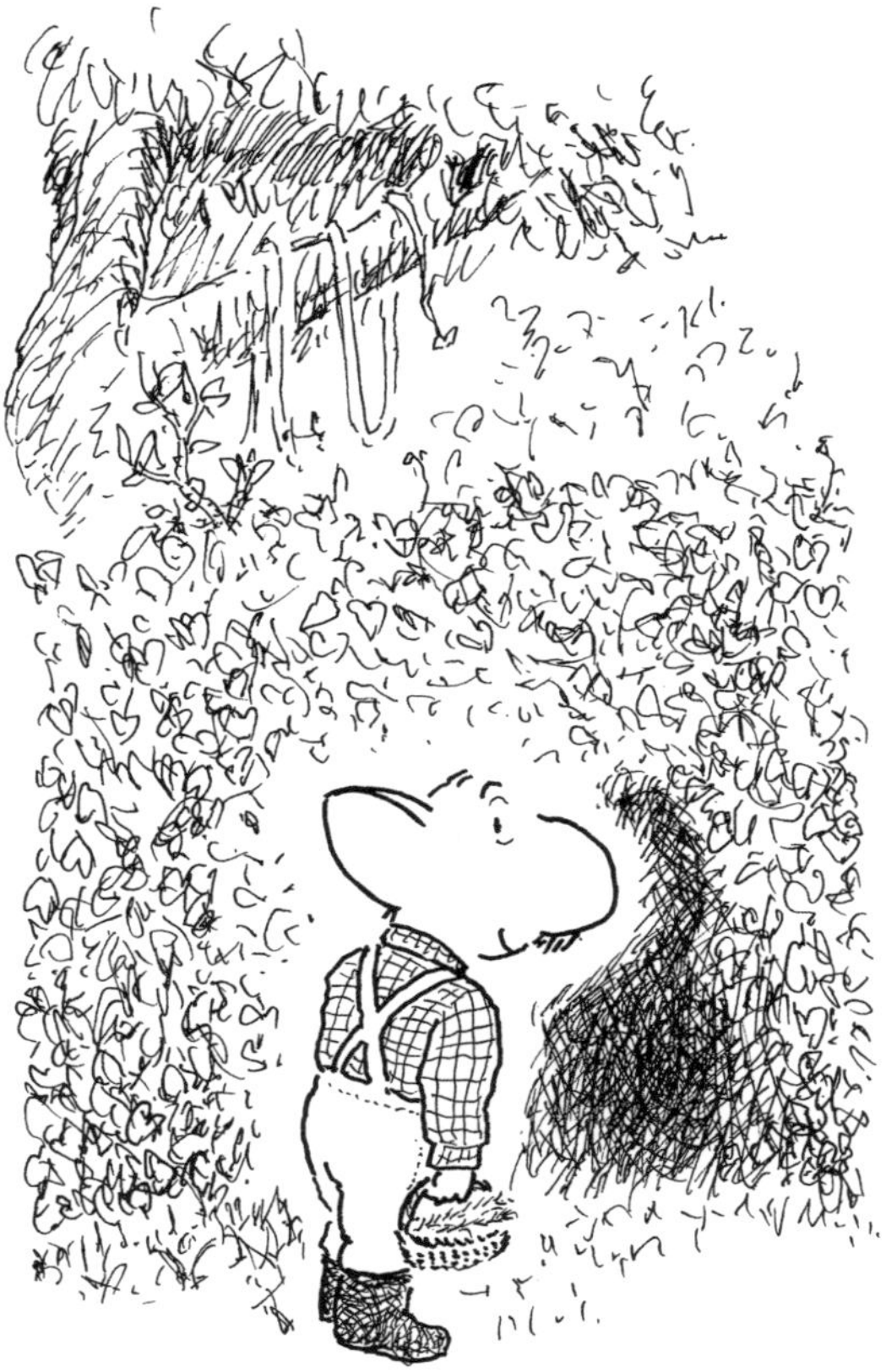

●スミレさんのないしょの話●

小《ちい》さな
雪《ゆき》だるまが
そこに
あるわけ

スミレさんは、弟《おとうと》のギーコさんといっしょにガラスびんの家《いえ》で暮《く》らしています。

ギーコさんは大工《だいく》さんで、たいていの日、昼間《ひるま》は家《いえ》からすこしはなれた作業小屋《さぎょうごや》に行《い》って仕事《しごと》をします。ですからスミレさんは、そのあいだ、ひとりで過《す》ごすことになります。

そんなとき、なにをするかというと、森へ木の実《み》やキノコ、薬草《やくそう》、野菜《やさい》などを採《と》りにいったり、料理《りょうり》をしたり、薬草《やくそう》を干《ほ》したり刻《きざ》んだりお酒《さけ》につけたり、せんたくやそうじをしたりするのですが、もっとたいせつなことがあります。それは、お茶《ちゃ》を飲《の》んでくつろぐことです。お茶《ちゃ》を飲《の》んでのんびりくつろぐために、ほかのことをいろいろしている、といってもいいかもしれません。

お茶《ちゃ》はそのときの気分《きぶん》によって変《か》わります。よく飲《の》むのはコーヒーですが、紅茶《こうちゃ》や薬草茶《やくそうちゃ》、ハーブティーというときもあります。お茶《ちゃ》はいろいろでも、大きな窓辺《まどべ》の椅子《いす》にすわってゆっくりと時間《じかん》をすごす、というのは変《か》わりません。

詩集《ししゅう》を読《よ》み返《かえ》したり、目を閉《と》じてあれこれ空想《くうそう》するのもいい時間《じかん》ですし、外《そと》にひろがる景色《けしき》を見ながらお茶《ちゃ》を飲《の》むのもぜいたくな時間《じかん》です。

春《はる》は、ガラス窓《まど》のツタが若《わか》いみどりの芽《め》をだし、木々《きぎ》や草花が芽吹《めぶ》くのを見ながら――。

小鳥《ことり》たちが、若《わか》い葉《は》の木のあいだを飛《と》び交《か》うのを見ながら――。

森に雨が降《ふ》るのを見ながら――。

夏《なつ》の、みどりが濃《こ》くなったツタや森の木々《きぎ》を見ながら――。

秋《あき》に、赤く紅葉《こうよう》したツタのあいだから見える黄色《きいろ》くなった葉《は》の木、まっ赤《か》になる木、みどりの木、それぞれが入《い》り交《ま》じった風景《ふうけい》を見ながら――。

風《かぜ》が吹《ふ》き抜《ぬ》け、枯葉《かれは》が飛《と》んでいくのを見ながら――。

どの季節《きせつ》のお茶《ちゃ》も、スミレさんはいいなと思《おも》いますが、多《おお》くの木が葉《は》を落《お》とす冬《ふゆ》にはいちだんとおいしく感《かん》じられます。まして、雪《ゆき》などがふったりすると、窓辺《まどべ》の椅子《いす》のお茶《ちゃ》は、ほんとうにこころがやすまります。

ギーコさんは、ふだんは作業小屋《さぎょうごや》で仕事《しごと》をしますが、雪《ゆき》の季節《きせつ》はなるべくガラスびんの家《いえ》で仕事《しごと》をするようにしています。こちらのほうが暖《あたた》かいからです。椅子《いす》の背板《せいた》や戸棚《とだな》の飾《かざ》り板《いた》などに、糸鋸《いとのこ》や彫刻刀《ちょうこくとう》で作業《さぎょう》をするのです。ガラスびんの家《いえ》にもそういうこまかな仕事《しごと》ができる場所《ばしょ》ならあります。

そういうとき、スミレさんは

「ギーコさん、コーヒーを飲《の》まない？」

とさそって、ギーコさんにコーヒーをいれてもらいます。

ギーコさんがいれるコーヒーはおいしい、とスミレさんは思《おも》います。ふる雪《ゆき》をながめながら飲《の》むコーヒーに、サクサクと木をけずる彫刻刀《ちょうこくとう》の音が聞《き》こえるのもわるくはありません。

その日、ギーコさんは、雪《ゆき》がつもっているなかを、作業小屋《さぎょうごや》に出かけました。作業小屋《さぎょうごや》でしかできない仕事《しごと》があったのです。大きな音が出たり、強《つよ》い匂《にお》いの塗料《とりょう》を使《つか》ったりする仕事《しごと》です。

スミレさんはひさしぶりに、ひとりきりのお茶《ちゃ》の時間《じかん》をすごすことになりました。

ひとりだけの時間《じかん》は、とても静《しず》かで、落《お》ち着《つ》くものです。紅茶《こうちゃ》をいれることにしました。詩《し》を読《よ》もうと思《おも》ったのですが、雪景色《ゆきげしき》を見ることにしました。雪景色《ゆきげしき》を見ながらひとりでお茶《ちゃ》を飲《の》むというのは、めったにないことなのです。

窓《まど》ガラスの曇《くも》りを大きくふきとり、トマトさんにもらったジンジャークッキーを食《た》べながら、熱《あつ》い紅茶《こうちゃ》をひとくちすすって、雪景色《ゆきげしき》をながめました。

いま、雪《ゆき》はふっていません。空はうっすらと雲《くも》がかかっていて、陽射《ひざ》しもありません。地面《じめん》につもっている雪《ゆき》は、歩《ある》けば足首《あしくび》ほどの深《ふか》さのようです。ギーコさんが作業《さぎょう》小屋《ごや》へむかった足跡《あしあと》がついています。

しずかです。葉《は》を落《お》とした木の枝《えだ》に雪《ゆき》がつもっています。冬《ふゆ》も緑《みどり》の葉《は》をつける木が雪《ゆき》をかぶって、それでもまだ深《ふか》い緑色《みどりいろ》が見えています。と、遠《とお》くの木々《きぎ》のあいだでなにか動《うご》きました。ウサギです。まっ白なウサギがかけていきます。枝《えだ》につもっていた雪《ゆき》がばさっと落《お》ちました。

スミレさんは、クッキーを食《た》べ、紅茶《こうちゃ》を飲《の》み、雪《ゆき》の森をながめました。ガラスのすぐ前《まえ》のツタの枝《えだ》にも雪《ゆき》がつもっています。いままでに何度《なんど》雪景色《ゆきげしき》を見ただろうかと、ふと思《おも》いました。

——子どもの頃《ころ》は、ただ雪《ゆき》をじっとながめるだけ、なんてことはしなかった。

そう思《おも》うと、つぎつぎに子どもの頃《ころ》、雪《ゆき》の中で遊《あそ》んだことが思《おも》い出《だ》されてきました。雪《ゆき》は見るものではなく、そこで遊《あそ》ぶものだったのです。ギーコさんやほかの子どもたちと雪玉《ゆきだま》をぶつけあったこと、やはり大工《だいく》さんだったお父《とう》さんに作《つく》ってもらったそりにのって、雪《ゆき》の斜面《しゃめん》をすべりおりたこと、カーブを曲《ま》がりきれずにころんで大笑《おおわら》いしたこと、深《ふか》くつもった雪《ゆき》の中にたおれこんで身体《からだ》の形《かたち》をつけたこと、雪《ゆき》だるまを……。

——そうだ！

とつぜん、スミレさんは思《おも》いつきました。

――ちいさな雪《ゆき》だるまをつくって、このツタの枝《えだ》にのせよう！

どうしてそんなことを思《おも》いついたのか、自分《じぶん》でもわかりません。でも、思《おも》いついてしまうともう、やらないなんて考《かんが》えられません。

スミレさんはカップにのこっていたお茶《ちゃ》を飲《の》みほすと、長靴《ながぐつ》にはきかえ、そとに出て行《い》きました。

「おお、寒《さむ》い」

思《おも》わず声《こえ》が出ました。

ショールを肩《かた》に巻《ま》きつけながら、雪《ゆき》を踏《ふ》みしめて、見当《けんとう》をつけていた枝《えだ》の前《まえ》まで歩《ある》きました。ツタの枝《えだ》の上につもっている雪《ゆき》をまずはらって、それから足もとの雪《ゆき》を両手《りょうて》ですくいとり、きれいな球《たま》をつくりました。

大きいのをまずひとつ、それからちいさいのをひとつつくって、かさね

ました。

――ひとつじゃ、さみしいわね。

そのとなりにもうひとつ、雪《ゆき》だるまをならべました。

それから一歩《ぽ》さがって、ふたつの雪《ゆき》だるまをながめてみましたが、なにかものたりません。

――やっぱり、目は必要《ひつよう》ね。

家《いえ》の入り口の横《よこ》にスイカズラがあります。そこに黒《くろ》い実《み》がついていたことをスミレさんは思《おも》い出《だ》しました。実《み》を四個《こ》、もらいました。

目がつくと、ずいぶんかわいくなりました。

——こうなると、鼻《はな》と口も……？

そう考《かんが》えて、

——それは、ないほうがいいか。

と、うなずきました。

——むしろ、手があったほうがいいかも。

もういちど入り口にもどって、みじかい枝《えだ》を四本、もらってきました。

手をつけると、ふたつの雪《ゆき》だるまがしゃべりあっているように見えてきました。

——これでいいわ。

部屋《へや》にもどったスミレさんは、曇《くも》っているガラス窓《まど》を布《ぬの》でふき、「あ」と口をあけました。雪《ゆき》だるまが、むこうをむいているのです。

もういちど長靴《ながぐつ》をはいて、スミレさんは外《そと》に出ました。雪《ゆき》だるまを

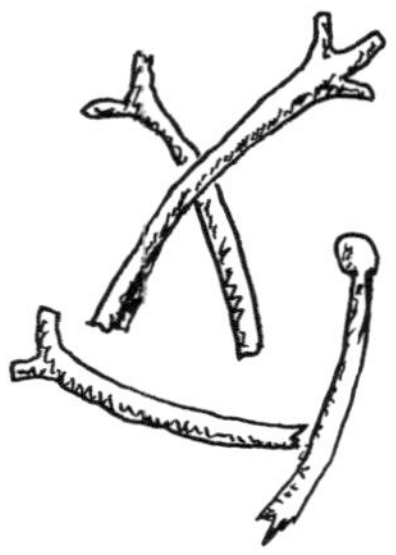

そっともちあげて、部屋《へや》のなかをのぞいているように、置《お》きなおしました。

——これでよし。

もういちど部屋《へや》にもどって、二杯《はい》めのお茶《ちゃ》をいれました。

夕方《ゆうがた》になって、ギーコさんがガラスびんの家《いえ》にもどってきました。スミレさんは夕食《ゆうしょく》の用意《ようい》をしながら、ギーコさんがいつ雪《ゆき》だるまに気づくかしらと思《おも》うと、なんだかくすぐったい気分《きぶん》になりました。でも、ギーコさんは気づきません。スミレさんは、わざと何度《なんど》も窓《まど》ガラスの曇《くも》りをふきました。それでも気づかないのです。

ギーコさんをびっくりさせようとして作《つく》ったのではありません。自分《じぶん》が作《つく》りたいから作《つく》ったはずです。

——けれど、こんなに気づかれないなんて……。

と、スミレさんはがっかりしました。

——こんな気持《きも》ちでシチューを食《た》べても、おいしくないかも……。

そう思《おも》ったとき、ギーコさんが

「お!」

と、声《こえ》をあげたので、スミレさんはどきっとしました。けれども、なんでもないような声《こえ》で、

「なんなの?」

と、たずねました。

「いやあ……」といって、ギーコさんは笑《わら》いだしました。「ほら、姉《ねえ》さん、見てごらん! きっとふたごがやってきたんだなあ! 雪《ゆき》だるまだよ! 雪《ゆき》だるま! なんてかわいいことをするんだろう!」

「かわいいこと」ということばを聞《き》いて、スミレさんはすこしてれくさくなりました。そこで、

「ま!」

とだけいって、かたをすくめてみました。

でも、そのあと、すこしちいさな声《こえ》で、

「ふたごがつくったとは、かぎらないわよ」

と、いいました。

●ギーコさんのないしょの話●

カラスと
なかよくなって
知《し》ったこと

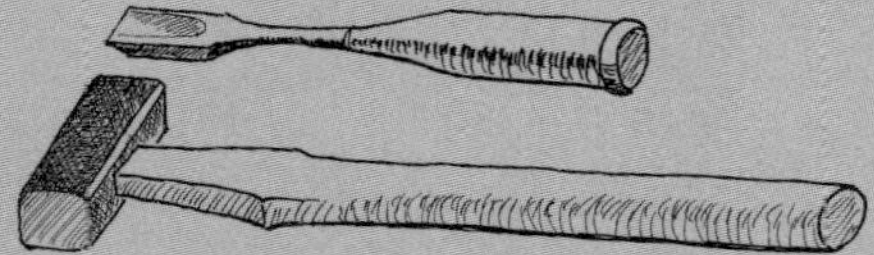

ギーコさんは、作業小屋《さぎょうごや》でノミを使《つか》って、椅子《いす》の背《せ》もたれになる板《いた》にもようを彫《ほ》っていました。

ノミの柄《え》をたたく音がひびきます。

コン、コ、コ、コン……。

コン、コ、コ、コン……。

何年《なんねん》もノミを使《つか》っているので、ギーコさん独得《どくとく》のたたきかたのリズムがあります。

「ふう」

ひと休みしようと手をとめたギーコさんは、首《くび》をひねりました。

コン、コ、コ、コン……。

コン、コ、コ、コン……。

ノミを使《つか》っていないのに、音がつづいているのです。

音が聞《き》こえてくるほうを見て、わかりました。カラスです。カラスという鳥《とり》は、自分《じぶん》の鳴《な》き声《ごえ》ではない音をまねることがあります。一羽《わ》のカラスが、作業小屋《さぎょうごや》のすぐ前《まえ》の木の枝《えだ》にとまって、ノミの音のまねをしていたのです。

それにしても、むずかしい音をまねるものだ、とギーコさんは思《おも》いました。

コン、コ、コ、コン……。

まだやっています。

このカラスは、ときどき見かけます。いつもノミの音を聞《き》いていたのかもしれません。

コン、コ、コ、コン……。

ギーコさんはいつのまにか、笑顔《えがお》になっていました。作業小屋《さぎょうごや》にやってくると、ひとりきりです。だれかに話《はな》しかけたり、話《はな》しかけられたりすることがありません。そんな毎日《まいにち》ですから、ノミの音まねをするカラスは、ギーコさんに声《こえ》をかけてくれているような気がしました。

——あいさつをしてくれたんだから、おかえしをしなくちゃな。

ギーコさんは、昼《ひる》ごはんにもってきたサンドイッチのつつみをあけて、はさんであったハムの脂身《あぶらみ》のところをちぎり、カラスのほうへ投《な》げてやりました。

カラスは一瞬《いっしゅん》びくっとして、鳴《な》くのをやめました。けれど逃《に》げたりはしませんでした。すこしまよったあと木の枝《えだ》から舞《ま》いおりて、脂身《あぶらみ》をくわえると、もとの木の枝《えだ》にもどって食《た》べました。

そんなことがあってから、ギーコさんは、カラスの好《す》きそうなものを作業小屋《さぎょうごや》へもっていくようになりました。脂《あぶら》っこいものとか果物《くだもの》とかです。

カラスは、ギーコさんがノミを使《つか》っていないときでも、ノミを使《つか》う音をまねするようになりました。それを聞《き》くとギーコさんは食《た》べものを投《な》げてやりました。ですから、ノミの音のまねは、なにか食《た》べるものをくれないかなあ、というカラスの合図《あいず》になってしまいました。

ギーコさんは、食《た》べ物《もの》を投《な》げてやるとき、口笛《くちぶえ》を吹《ふ》くことにしました。ノミを使《つか》う音とおなじリズムです。

ピー、ピ、ピ、ピー……。

あげるものがあるのに、カラスがいつもの枝《えだ》にいないときは、空にむかって、このリズムで口笛《くちぶえ》をふきます。近《ちか》くにいれば、カラスはいつも舞《ま》いおりてきました。

はじめのうちは、木の枝《えだ》にとまっていたカラスが、そのうちに作業小《さぎょうご》屋《や》のすぐ前《まえ》の地面《じめん》におりてまつようになり、やがて小屋《こや》の入り口あたりまではいってくるようになり、食《た》べものを木の枝《えだ》にもちかえらず、その場《ば》で食《た》べるようになりました。

サンドイッチはもうギーコさんが食《た》べてしまっていて、ちいさなひときれの脂身《あぶらみ》しか残《のこ》っていないときもあります。それを食《た》べると、もうありません。それでもカラスが、コン、コ、コ、コンと鳴《な》くときがありま す。もっとほしいのでしょう。

そんなとき、ギーコさんは両手《りょうて》をひろげて見せ、

「もう、ないんだ」

と、いいます。するとカラスはもう鳴《な》きません。どうやら、わかるらし

いのです。

そんなある日、しごとの手があいて、ギーコさんは森に出かけました。薪《まき》ストーブをたきつけるときに使《つか》う小枝《こえだ》は、毎日必要《まいにちひつよう》です。それに、椅子《いす》などの一部《いちぶ》に自然《しぜん》の枝《えだ》を使《つか》うこともあります。どちらも乾燥《かんそう》させなければならないので、時間《じかん》のあるとき、余分《よぶん》に集《あつ》めておくのです。

ロープと小型《こがた》のノコギリ、鉈《なた》は腰《こし》からさげ、弁当《べんとう》のサンドイッチとハーブティーをいれた水筒《すいとう》は、背負《せお》ったかごにはいっています。

いつもは歩《ある》かないあたりを、小枝《こえだ》をひろい集《あつ》めながら歩《ある》いていると、あのカラスがあらわれました。ちょっと飛《と》んでは舞《ま》いおり、ちょっと飛《と》んでは舞《ま》いおりして、まるでギーコさんを案内《あんない》しているようです。

——おもしろいことをするなあ。

と、ギーコさんは思《おも》いました。そして、

――もしも、ほんとうに案内《あんない》しているのなら、どこへつれていくつもりだろう。

と興味《きょうみ》をひかれ、カラスのあとをついていくことにしました。

ギーコさんがついてきていることがわかると、カラスはうれしそうに（と、ギーコさんは思《おも》いました）、飛《と》んでは舞《ま》いおり、をつづけました。

やがて、藪《やぶ》がゆくてに立ちはだかっているところに出ました。カラスは藪《やぶ》の前《まえ》でギーコさんをちらりと見ると、はばたいて藪《やぶ》のむこうへ消《き》えました。

ギーコさんはカラスのようにはいきません。

「おいおい、ぼくには飛《と》び越《こ》せないぞ」

と、ギーコさんはいいました。

するとまるでそれがわかったようにカラスは舞《ま》いもどってきて、

ギーコさんの腰《こし》の鉈《なた》をつつきました。

「鉈《なた》で？　……藪《やぶ》を切《き》りひらいて行《い》け、というんだな？」

カラスはちいさな声《こえ》で、

「コン」

と、鳴《な》きました。そうしろ、といっているようです。

ギーコさんはそうしました。ちいさな葉《は》がぎっしりつまってからみあった藪《やぶ》です。すこし進《すす》むとうす暗《ぐら》くなります。ギーコさんはしゃがんで藪《やぶ》の枝《えだ》やつるをつかんでは鉈《なた》で切《き》り、切《き》り取《と》った枝《えだ》やつるをかごにいれます。そういうことをつづけながら、

――どうしてぼくはこんなことをしているのだろうか……。

と、首《くび》をひねりました。しなくてもいいことをしているのではないか、と思《おも》えたのです。

苦労《くろう》して、ようやく藪《やぶ》のむこうがわに出たとき、ギーコさんは、まぶしくて目を細《ほそ》めました。そのあと、

「ほう……！」

と、声《こえ》が出ました。

湖《みずうみ》の近《ちか》くまできていたらしく、陽当《ひあ》たりのいい空間《くうかん》に、川が流《なが》れています。地下《ちか》の水脈《すいみゃく》が地表《ちひょう》にあらわれ、川になっているのでしょう。岸辺《きしべ》にはヤナギが葉《は》をそよがせ、その奥《おく》にはトチノキなどが枝《えだ》をのばし、あちらこちらに紫色《むらさきいろ》やオレンジ色《いろ》の秋《あき》の花が咲《さ》いています。そして、このさわやかな匂《にお》いは……、ハーブです。緑色《みどりいろ》のハーブが、川のほとりで、ひっそりといいにおいをさせています。

川の流《なが》れはゆるやかで、ところどころにかたまって生《は》える水草がたなびき、ちいさなトゲウオが、水草のなかから出たりはいったりしています。

ギーコさんには、この場所《ばしょ》が、森のなかの特別席《とくべつせき》とでもいうような、すてきなところに思《おも》えました。

やわらかい草の生《は》えた地面《じめん》のあちこちには、すわるのにちょうどいい石が頭《あたま》を出していて、そのひとつに、カラスがとまっていました。

「こんなすてきなところがあったなんて、思《おも》いもしなかったな。きみは、ここを教《おし》えてやろうと思《おも》って、ぼくをここへつれてきたのかい？」

ギーコさんがそういうと、カラスは

「コンッ」

と、鳴《な》きました。

「そうか……、たしかに……、気持《きも》ちのいい場所《ばしょ》だなあ」

そういいながら、ギーコさんはカラスのとなりの石に腰《こし》をおろし、

「教《おし》えてくれて、ありがとう」

と、カラスを見ました。カラスは、満足《まんぞく》そうにまわりを見まわしました。ギーコさんは、このカラスも、ここをすてきな場所《ばしょ》だと思《おも》っていたらしいということに、すこし感動《かんどう》しました。

「ちょっとはやいけど、サンドイッチの時間《じかん》にするか」

サンドイッチをとりだし、カラスとわけて食《た》べました。

ギーコさんはハーブティーを飲《の》み、カラスは川の水を飲《の》みました。

しかし、どうしてこんなところをカラスは知《し》っていたのだろう、と思《おも》って、ギーコさんは、あ、そうか、とカラスを見ました。

「きみは空を飛《と》んで、ぼくたちが知《し》らない景色《けしき》を見ているんだなあ。だから、こんなところを知《し》っているのか……」

カラスはふっと上空《じょうくう》を見あげ、なにか用《よう》でも思《おも》い出《だ》したように飛《と》びたちました。

ギーコさんは石の椅子《いす》から立ち上がり、こんどはやわらかい草の上に寝《ね》ころんで空を見あげました。そして、カラスが見ている景色《けしき》を想像《そうぞう》してみましたが、うまく思《おも》い描《えが》けません。

——スミレさんやトワイエさんやスキッパーが見ている景色《けしき》ならわかるのに……。

そう考《かんが》えて、

——いやいや……。

と、首《くび》をふりました。

——もしかすると、おなじ森に住《す》んでいても、それぞれが見ているものはちがうのかもしれないなあ。

ギーコさんは、みんなの顔《かお》を思《おも》い浮《う》かべながら、そう思《おも》いました。

●トワイエさんのないしょの話●

落《お》とし物《もの》の おかげで 見《み》つけたこと

夏《なつ》の初《はじ》めのある日、トワイエさんは、散歩《さんぽ》に出かけようと思《おも》って、鉛《えん》筆《ぴつ》がないことに気づきました。

トワイエさんは作家《さっか》です。物語《ものがたり》をつくるのが仕事《しごと》です。ですから、外《がい》出《しゅつ》するときは、いいアイデアを思《おも》いついたら、すぐにメモができるように、かならずメモ帳《ちょう》と鉛筆《えんぴつ》を持《も》つことにしています。

きのうの散歩《さんぽ》にも、持《も》っていきました。

そしてもどってきて、机《つくえ》の上のいつもの場所《ばしょ》に、メモ帳《ちょう》をおきました。だからいま、メモ帳《ちょう》はあります。けれど、鉛筆《えんぴつ》が見あたりません。深緑《ふかみどり》色《いろ》の鉛筆《えんぴつ》です。

あ、と思《おも》いついて、ハンガーにかかっている上着《うわぎ》のポケットをさぐってみました。いつも鉛筆《えんぴつ》とメモ帳《ちょう》をいれるポケットです。

——あった！

と思《おも》ったのですが、あったのは鉛筆《えんぴつ》のキャップだけでした。

ポケットにいれるメモ用《よう》の鉛筆《えんぴつ》は、まわりをよごさないように、金属《きんぞく》でできたキャップをつけていたのです。

鉛筆《えんぴつ》はありませんでしたが、トワイエさんはキャップを見つけたときに、どうしてキャップだけがポケットにはいっていたのか、思《おも》い出《だ》しました。

きのう散歩《さんぽ》に出かけたとき、湖《みずうみ》のほとりで、おもしろいアイデアを思《おも》いついたのでした。

トワイエさんは、さっそくポケットからメモ帳《ちょう》と鉛筆《えんぴつ》をとりだし、鉛《えん》筆《ぴつ》のキャップをポケットにもどし、アイデアをメモしました。それから

メモ帳《ちょう》をそのままポケットにもどすと、鉛筆《えんぴつ》は耳にはさみました。

もちろんふだんなら、そんなことはしません。アイデアのおもしろさによろこんでしまって、ふざけてみたのです。ギーコさんが仕事《しごと》をするときに、板《いた》に鉛筆《えんぴつ》でしるしをつけては耳にはさんでいるのを見たことがあって、それをまねして、ちょいとはさんでしまいました。はさむときに、メガネのつるがすこしじゃまだな、とは思《おも》ったのですが、はさめないということもないと、そのままにして、鼻歌《はなうた》まじりにステップなど踏《ふ》んで、屋根裏部屋《やねうらべや》までもどってきました。

そしてすぐにそのアイデアを検討《けんとう》しました。

すると、あんなによろこんだ思《おも》いつきだったのに、考《かんが》えれば考《かんが》えるほど、ありきたりに思《おも》えてきて、そのアイデアをあきらめたのです。

――すると、んん、あの湖《みずうみ》のほとりから、ここまでのあいだに、そう、鉛筆《えんぴつ》をですね、落《お》とした、と。

トワイエさんは、きのうのコースの逆《ぎゃく》をたどって歩《ある》くことにしました。ポケットにはメモ帳《ちょう》と、べつの鉛筆《えんぴつ》をいれました。

――まず、この、ですね。この部屋《へや》のどこかに、そう、落《お》ちているかもしれない。

そう思《おも》って、部屋《へや》のなかをすみからすみまでさがしました。鉛筆《えんぴつ》は見つかりませんでしたが、前《まえ》になくした消《け》しゴムを、ベッドの下で見つけました。

――〈鉛筆《えんぴつ》さがして、消《け》しゴム見つける〉なんて、ことわざ、ありませんでしたかね。

そう思《おも》って、メモ帳《ちょう》に、そのことばを書《か》きつけました。

部屋《へや》にあるちいさな鏡《かがみ》を見たときは、しげしげと耳の上を見ました。もしかすると、ずっと耳にはさまっているのではないか、と思《おも》ったのです。

〈一晩中《ひとばんじゅう》、鉛筆《えんぴつ》を耳にはさんでいた男の話《はなし》〉というのも、メモしました。けっきょく、部屋《へや》のなかには、深緑色《ふかみどりいろ》の鉛筆《えんぴつ》はないようだということがわかりました。

トワイエさんが住《す》んでいるのは大きな木の上の屋根裏部屋《やねうらべや》です。嵐《あらし》でどこかから飛《と》んできて木にひっかかったのを、ギーコさんたちがらせん階段《かいだん》をつけたりして住《す》めるようにしてくれたのです。

トワイエさんは、部屋《へや》を出て、階段《かいだん》を注意深《ちゅういぶか》く見ながら、おりていきました。

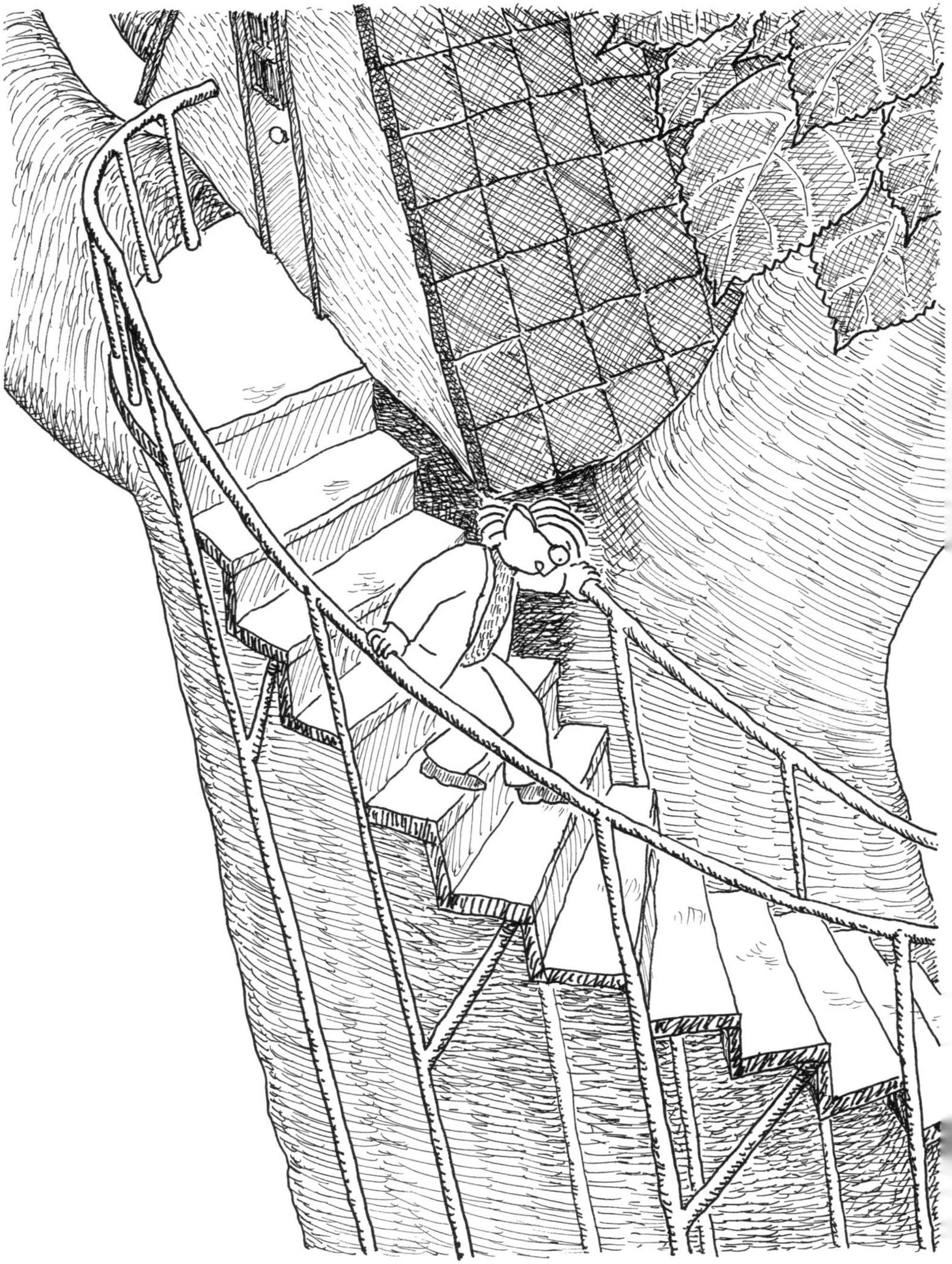

鉛筆《えんぴつ》はありませんでしたが、板《いた》でつくられた階段《かいだん》が、いつもおなじ場《ば》所《しょ》をふみつけているらしく、きまったところにへこみがあることに気づきました。

階段《かいだん》で落《お》とした鉛筆《えんぴつ》が、らせん階段《かいだん》の下、地面《じめん》に落《お》ちているかもしれません。そのあたりも念入《ねんい》りに見ました。

それから、湖《みずうみ》にそそぐ川の横《よこ》の道《みち》を、流《なが》れにそって、くだっていきました。

——考《かんが》えてみると、

トワイエさんは、ゆだんなく足もとに目を走《はし》らせながら、こころのなかでつぶやきました。

——深緑色《ふかみどりいろ》の鉛筆《えんぴつ》というものは、んん、こういった草の、ですね、生《は》えている場所《ばしょ》では、見つけにくい色《いろ》をしている、といえますね。

――しかし、この季節《きせつ》に、こんなにたくさんの、うん、花が咲《さ》いていたんですね。

雨がふらなければ、毎日《まいにち》のように散歩《さんぽ》していたのに、ちいさな草が花をつけていることに、いままで気がつかなかったのです。

何種類《なんしゅるい》もの草が花を咲《さ》かせています。

――ああ、これは、さっきから、よく見る花ですね。

ちいさな白い花が、星形《ほしがた》に咲《さ》いています。よく見ると、おなじ花だと思《おも》うのに、花びらが五枚《まい》のものがあり、六枚《まい》のものもあり、七枚《まい》、八枚《まい》の花もあります。

――ああ、いけない。鉛筆《えんぴつ》のことを、わすれていました。花びらのかずに気をとられていたのです。

――鉛筆《えんぴつ》、鉛筆《えんぴつ》……。

と、気をとりなおすのですが、ちいさな花の世界《せかい》をはじめて知《し》ったトワイエさんは、笑顔《えがお》になって、足もとのちいさな花を見ながら、歩《ある》いていきました。

つぎからつぎへと、いろんな花が見つかります。のばした茎《くき》に、うすべに色《いろ》のちいさな花をいくつもつけた草、ちいさなちいさな線香《せんこう》花火のような花……。

なかには、葉《は》っぱの色《いろ》や形《かたち》がかわっているものもあります。

――これも、よく見る花ですよ。これは、ええ、葉《は》のつきかたがかわっていますね。

葉《は》がおなじところから、七枚《まい》も八枚《まい》も輪《わ》のようにひろがって、その輪《わ》が一階《いっかい》、二階《かい》、三階《がい》というぐあいに重《かさ》なり、その上に白い花がいくつも、つくのです。

――いやあ、こんなに花が、そう、咲《さ》いていたなんて、ぼくは、もう、まるで気がつかなかったなあ。

トワイエさんはメモをすることもわすれて、つぎからつぎにあらわれる、ちいさな花をながめて歩《ある》きました。

そして、とつぜん、自然《しぜん》の花とはちがう、べつなものを見つけました。

――おや？

と、思《おも》いかけて、

「ああ！」

と、声《こえ》をあげました。

それは、ずっとさがしていた深緑色《ふかみどりいろ》の鉛筆《えんぴつ》だったのです。

——こんな、ちいさな花が、足もとにいっぱい咲《さ》いていたことを、うん、つまり、その、この鉛筆《えんぴつ》がおしえてくれたんですね。

トワイエさんはその鉛筆《えんぴつ》で、ちいさな花のことをメモしようかと思《おも》って、やめました。

——このちいさな花たちが咲《さ》いていることは、書《か》いておかなくても、ぜったいにわすれない。

と、思《おも》ったのです。

●シナモンのないしょの話●

ひとりで魔女《まじょ》の家《いえ》に行《い》った日

ふたごが自分《じぶん》たちの名前《なまえ》を、シナモンとミルクといっていたころのことです。

秋《あき》の終《お》わりに、ミルクが風邪《かぜ》をひいてしまいました。熱《ねつ》を出し、のどを痛《いた》くして、ベッドで寝《ね》ています。ときどき咳《せ》きこんで、声《こえ》もへんです。

シナモンはミルクにいいました。

「スミレさんのところへ行《い》って、お薬《くすり》をもらってきてあげる」

それを聞《き》いて、ミルクは
「でも」と、いつもとはちがうカサカサ声《ごえ》でいいました。「スミレさんって、魔女《まじょ》じゃなかったっけ」

シナモンは「あ」と口をあけました。

そのころふたりは〈スミレさんは魔女《まじょ》ごっこ〉をしていたのです。スミレさんは薬草《やくそう》のことにくわしい上に、ときどきなにかをいいあてたりすることがあります。それだけでも魔女《まじょ》らしいのに、いつもふたごのことを「そうぞうしい子たち」という目で見るものですから、ふたりは、ちょっとしかえしのような気持《きも》ちで〈スミレさんは魔女《まじょ》ごっこ〉をしていたのです。

ミルクは、熱《ねっ》っぽい目で、シナモンを見て、カサカサ声《ごえ》でいいました。

「ひとりで行《い》ったら、アマガエルにされてしまうかもしれない」

でも、ミルクのためです。シナモンはかくごをきめました。

「魔女《まじょ》と対決《たいけつ》して、薬《くすり》をもらってきてあげる！」

「シナモン……、勇気《ゆうき》ある……。ありがとう」

と、ミルクがカサカサ声《ごえ》でいいました。

そういうわけで、シナモンは肩《かた》からポシェットをさげ、ガラスびんの家《いえ》へ向《む》かいました。

まず湖《みずうみ》の岸《きし》を歩《ある》き、つぎに小川沿《おがわぞ》いの道《みち》を歩《ある》きます。ひとりで歩《ある》いていると、道草《みちくさ》をする気分《きぶん》になりません。ふたりで行《い》くときには、ガラスびんの家《いえ》まで一時間《じかん》はかかるのに、十五分《ふん》ほどでつきました。

丘《おか》のふもとに半分《はんぶん》うまっているガラスびんの家《いえ》は、うまっていないところが窓《まど》です。いまは秋《あき》なので、その大きな窓《まど》を、色《いろ》づいたツタがおおっています。

まずシナモンは、ツタの葉《は》のあいだから、部屋《へや》のなかをのぞきこみました。気づかれないように魔女《まじょ》のようすをさぐっておくことは、だいじなことです。

するとおどろいたことに、スミレさんが一階《いっかい》の広間《ひろま》のソファーに、あごまで毛布《もうふ》をかけて横《よこ》になっていました。

――魔女《まじょ》が、寝《ね》ている！

もっとよく偵察《ていさつ》しようとツタの葉《は》をかきわけたとき、スミレさんがぱっちり目をあけ、シナモンと目があいました。シナモンは

「ひ！」

と、声《こえ》をあげました。

スミレさんは毛布《もうふ》から指《ゆび》だけだして、ぐるりとまわしました。

――魔《ま》法《ほう》をかけられた！

と、シナモンは思《おも》いました。

――でも、どんな魔《ま》法《ほう》を？

自分《じぶん》のからだを見ました。アマガエルにはなっていないようです。

スミレさんはもういちど、毛布《もうふ》から出した指《ゆび》をぐるりとまわしました。

——あ、そうか。

ドアからはいってこさせる魔法《まほう》だ、と、シナモンは思《おも》いました。

魔法《まほう》にかかった気分《きぶん》はしませんが、どちらにしても、部屋《へや》のなかには

いらなければ薬《くすり》はもらえません。そこで、ここは魔法《まほう》にかかったふりを

することにしました。

——魔法《まほう》にかかったひとは、こんな歩《ある》き方《かた》をするにちがいない。

シナモンはぎくしゃくと歩《ある》きながら、ミルクならどんな歩《ある》き方《かた》をする

だろうと思《おも》いましたが、ミルクはいません。ひとりでドアをあけ、おそ

るおそる部屋《へや》のなかにはいっていきました。すると、スミレさんがいつ

もとはちがうかすれ声《ごえ》で

「あなた、ひとり?」

と、たずねました。

どうやら、スミレさんもぐあいがわるいようです。

シナモンはうなずきながら、

——スミレさん、どうかしたんですか？

といったほうがいいのかな、と思《おも》いましたけれど、同時《どうじ》にべつのことも思《おも》いつきました。それは、もしミルクがとなりにいれば、

（どうやら、魔女《まじょ》はよわっているみたい）

（わるい魔法《まほう》はつかえないかもしれない）

などとささやきあえるのに、ということです。

「もうひとりは、どうしたの？」

と、寝《ね》たままのスミレさんがいいました。それでシナモンは、スミレさんを気づかうことばをいうチャンスをのがしたまま、ミルクのことを話《はな》

しました。

「ミルクは、熱《ねつ》が出て、頭《あたま》とのどが痛《いた》いっていってて……、それで……」

スミレさんはひじをついて、ソファーから上半身《じょうはんしん》だけおこしました。毛布《もうふ》からからだが出たので、首《くび》に布《ぬの》をまいているのが見えました。

シナモンは、もしもここにミルクがいれば（あの首《くび》の布《ぬの》があやしい）とか、（布《ぬの》の下に呪《のろ》いのことばがかくされているはず）とか、ささやきあえるのに、と思《おも》いました。

スミレさんは、かすれ声《ごえ》でいいました。

「あたしとおなじ、風邪《かぜ》をひいたのね。きっと、おとといの冷《つめ》たい風《かぜ》のせい」

そこで、横《よこ》のテーブルを指《ゆび》でさしました。

「テーブルの上に、袋《ふくろ》がふたつとビンがあるでしょ。白い袋《ふくろ》のなかの丸《がん》薬《やく》は熱《ねつ》をさます薬《くすり》。これは一日にひとつぶ。大きな茶色《ちゃいろ》のはのどの湿布《しっぷ》。袋《ふくろ》の薬草《やくそう》を濡《ぬ》らして布《ぬの》でのどに巻《ま》きつける、ほら、あたしがしているみたいにね。黄色《きいろ》のビンのシロップは咳《せき》をとめる薬《くすり》。これは一日に三度《ど》、小さじ一杯《いっぱい》」

そういうと、こんどはへやの奥《おく》の戸棚《とだな》を指《ゆび》さしました。

「あっちの戸棚《とだな》にからっぽの袋《ふくろ》とビンがあるから、それに分《わ》けてもっていきなさい。あたしが元気《げんき》だったら、見に行《い》ってあげるのだけれど」

シナモンは、どきどきしながら戸棚《とだな》から袋《ふくろ》とビンをとりだし、それぞれの薬《くすり》をすこしずつわけいれ、ポシェットにしまいました。そして、いつになくまじめに、

「ありがとうございました」

と、頭《あたま》をさげました。

スミレさんは
「おだいじに」

と、かすれ声《ごえ》でいいました。

あ、そういえばいいんだ、
とシナモンは思《おも》いました。

「スミレさんも、おだいじに」

そういって、シナモンはガラスびんの家《いえ》を出て、ほっと息《いき》をつきました。

ガラスびんの家《いえ》から巻《ま》き貝《がい》の家《いえ》にもどるのにも、十五分《ふん》ほどしかかかりませんでした。

ベッドの上のミルクが

「無事《ぶじ》だった?」

と、カサカサ声《ごえ》でいうと、シナモンも

「無事《ぶじ》だった!」

と、うなずきました。

熱《ねつ》をさます薬《くすり》をのませ、咳《せき》をとめるシロップをのませ、のどの湿布《しっぷ》をまきつけると、シナモンはガラスびんの家《いえ》でのできごとを、ミルクに話《はな》しました。

それを聞《き》いて、ミルクはカサカサ声《ごえ》でいいました。

「魔女《まじょ》でも、風邪《かぜ》をひく」

シナモンはうなずいて、

「それから、風邪《かぜ》をひいた魔女《まじょ》はやさしい」

と、いいました。

岡田 淳（おかだ・じゅん）

1947年兵庫県に生まれる。神戸大学教育学部美術科を卒業後、38年間小学校の図工教師をつとめるかたわらファンタジー作品を書きはじめ、作家デビュー。

『放課後の時間割』で日本児童文学者協会新人賞、『雨やどりはすべり台の下で』で産経児童出版文化賞、『学校ウサギをつかまえろ』で日本児童文学者協会賞、『扉のむこうの物語』で赤い鳥文学賞、『星モグラサンジの伝説』で産経児童出版文化賞推薦、「こそあどの森の物語」シリーズ（全12巻の1〜3）で野間児童文芸賞、国際アンデルセン賞オナーリスト選定、シリーズ番外編『こそあどの森のおとなたちが子どもだったころ』で産経児童出版文化賞大賞、『願いのかなうまがり角』で産経児童出版文化賞フジテレビ賞など受賞。

他に『二分間の冒険』『びりっかすの神さま』『選ばなかった冒険』『ふしぎの時間割』『竜退治の騎士になる方法』『人類やりなおし装置』『フングリコングリ』『夜の小学校で』『森の石と空飛ぶ船』『図書館からの冒険』『チョコレートのおみやげ』『机の下のウサキチ』『ねがいの木』、絵本に『ネコとクラリネットふき』『ヤマダさんの庭』、マンガ集『プロフェッサーPの研究室』、エッセイ集『図工準備室の窓から』などがある。

こそあどの森の物語
こそあどの森のひみつの場所

作　者　岡田 淳
発行者　鈴木博喜
編集人　岸井美恵子
発行所　株式会社 理論社
〒101-0062　東京都千代田区神田駿河台2-5
電話　営業 03-6264-8890　編集 03-6264-8891
URL　https://www.rironsha.com

2024年10月初版
2025年２月第２刷発行

装幀　はたこうしろう
編集　松田素子
本文組　アジュール
印刷・製本　中央精版印刷

ISBN978-4-652-20607-2　NDC913　A5変型判　21cm　126p

岡田 淳の本

「こそあどの森の物語」 ●野間児童文芸賞 ●国際アンデルセン賞オナーリスト

～どこにあるかわからない“こそあどの森”は、すてきなひとたちが住むふしぎな森～

①ふしぎな木の実の料理法《りょうりほう》
スキッパーのもとに届いた固い固い“ポアポア”の実。その料理法は…。

②まよなかの魔女《まじょ》の秘密《ひみつ》
あらしのよく朝、スキッパーは森のおくで珍種のフクロウをつかまえました。

③森のなかの海賊船《かいぞくせん》
むかし、こそあどの森に海賊がいた？　かくされた宝の見つけかたは…。

④ユメミザクラの木の下で
スキッパーが森で会った友だちが、あそぶうちにいなくなってしまいました。

⑤ミュージカルスパイス
伝説の草カタカズラ。それをのんだ人はみな陽気に歌いはじめるのです…。

⑥はじまりの樹《き》の神話《しんわ》 ●うつのみやこども賞
ふしぎなキツネに導かれ少女を助けたスキッパー。森に太古の時間がきます…。

⑦だれかののぞむもの
こそあどの人たちに、バーバさんから「フー」についての手紙が届きました。

⑧ぬまばあさんのうた
湖の対岸のなぞの光。確かめに行ったスキッパーとふたごが見つけたものは？

⑨あかりの木の魔法《まほう》
こそあどの湖に恐竜を探しにやって来た学者のイツカ。相棒はカワウソ…？

⑩霧《きり》の森となぞの声
ふしぎな歌声に導かれ森の奥へ。声にひきこまれ穴に落ちたスキッパー…。

⑪水の精《せい》とふしぎなカヌー
るすの部屋にだれかいる…？　川を流れて来た小さなカヌーの持ち主は…？

⑫水の森の秘密《ひみつ》
森じゅうが水びたしに…原因を調べに行ったスキッパーたちが会ったのは…？

Another Story

こそあどの森のおとなたちが子どもだったころ ●産経児童出版文化賞大賞
ポットさんたちが、子どものころの写真を見せながら語る、とっておきの話。

Other Stories

こそあどの森のないしょの時間
こそあどの森のひみつの場所
森のひとが胸の中に秘めている大切なできごと……それぞれのないしょの物語。

扉《とびら》のむこうの物語 ●赤い鳥文学賞
学校の倉庫から行也が迷いこんだ世界は、空間も時間もねじれていました…。

星モグラ サンジの伝説《でんせつ》 ●産経児童出版文化賞推薦
人間のことばをしゃべるモグラが語る、空をとび水にもぐる英雄サンジの物語。

スミレさんとギーコさんの
ガラスびんの家《いえ》
ギーコさんの
作業《さぎょう》小屋《ごや》
ギーコさんが カラスに おしえてもらったところ
トワイエさんの
木の上《うえ》の屋根裏部屋《やねうらべや》
トワイエさんが 鉛筆《えんぴつ》を落《お》とした日の
散歩《さんぽ》のコース
トマトさんが せんたく小鬼《こおに》に
あったところ
トマトさんと ポットさんの
湯《ゆ》わかしの家《いえ》